1 MARS 1864

P

COLLECTION LOUIRETTE

OBJETS

DE PREMIER ORDRE

DE LA CHINE ET DU JAPON

Vente les 1er et 2 Mars 1864

Me Charles PILLET, Commissaire-Priseur.

M. FEBVRE, Expert.

RENOU & MAULDE

IMPRIMEURS DE LA COMPAGNIE DES COMMISSAIRES-PRISEURS

Rue de Rivoli, 144.

COLLECTION LOUIRETTE

CATALOGUE

D'OBJETS

De Premier Ordre

DE LA CHINE & DU JAPON

Émaux cloisonnés, Bronzes, Jades, Cristaux de roche et Matières dures, Laques du Japon et de la Chine, Porcelaines des anciennes dynasties chinoises, Étoffes, Manuscrits, etc.

DONT LA VENTE AURA LIEU

HOTEL DES COMMISSAIRES-PRISEURS

Rue Drouot, n° 5

SALLE N° 5

Les Mardi 1er et Mercredi 2 Mars 1864

A 2 HEURES 1/2 TRÈS-PRÉCISES

Par le ministère de **Me Ch. PILLET,** Commissaire-Priseur,
rue de Choiseul, 11,

Assisté de **M. FEBVRE,** Expert, rue Laffitte, 12,

CHEZ LESQUELS SE DISTRIBUE CE CATALOGUE.

EXPOSITIONS		
	PARTICULIÈRE : Dimanche 28 Février	de 1 heure à 5 heures
	PUBLIQUE : le Lundi 29 Février	

PARIS — 1864

CONDITIONS DE LA VENTE

Elle sera faite au comptant.

Les Acquéreurs paieront, en sus des adjudications, CINQ pour CENT applicables aux frais.

AVERTISSEMENT

La remarquable Collection que nous offrons aux Amateurs, a été avec soin réunie par M. Louirette, pendant un séjour de plusieurs années en Chine et de périlleux voyages dans l'intérieur de ce pays, encore si peu connu. Canton, Shang-Haï, Han-Kow, et en dernier lieu Pékin, la ville impériale, ont été par lui explorés, et les plus beaux spécimens de l'art chinois, recueillis. Jamais, peut-être, réunion aussi complète de chefs-d'œuvre n'a été livrée aux enchères dans aucun pays.

Parmi tant d'admirables objets, il est bien difficile d'indiquer ceux qui sont le plus à remarquer ; les émaux cloisonnés, par leur grande dimension, leur éclat, leur belle conservation ; les jades, par leurs échantillons vert émeraude, si rares et encore presque inconnus, attirent l'attention ; de grandes pièces en lapis-lazuli, des cristaux de roche d'une eau irréprochable, des laques du Japon d'une distinction et d'un travail exquis, des vases en porcelaine de la plus grande beauté, datant tous ou presque tous de la dynastie des Myng, époque la plus florissante de l'art céramique en Chine. Enfin des bijoux en jades précieux, d'anciens manuscrits et de splendides tentures brodées, forment l'ensemble de cette Collection que nous prenons la liberté de recommander au goût si éclairé des Collectionneurs.

A. Febvre.

DÉSIGNATION

DES OBJETS

ÉMAUX CLOISONNÉS

1 — Deux grands et splendides brûle-parfums, de forme ronde et évasée jusqu'à la partie soutenant le couvercle qui est entièrement reperçé à jour et représente des nuages entourant des emblèmes de richesse et de longévité, émaillés en taille d'épargne; ils ont la forme de deux dômes superposés, dominés par des chimères tenant des boules en bronze doré. La partie supérieure du corps de ces pièces est bordée par une grecque uniplat, en émail bleu lapis sur turquoise, avec feuilles d'eau vertes portant des inscriptions; plus bas, une autre frise enrichie de rinceaux de fleurs de tons variés; puis une ceinture en bronze doré, avec émaux imitant des pierres précieuses; elle couronne des palmettes renversées, décor vert, aune et rouge, alterné d'autres rinceaux sur bleu turquoise et s'étendant jusque sur les pieds formés par des trompes d'éléphants; anses à mufles de lions en bronze doré, soutenant des anneaux mobiles.

2 — Grand vase de forme ovoïde à col étranglé et évasé. Décor offrant par sa beauté, la variété de ses tons et par son travail, l'aspect de matières précieuses incrustées. Ce décor magnifique offre des rinceaux et des fleurs sur fond turquoise ; en haut et en bas, trois frises dont deux à palmettes. Anses en cuivre doré.

3 — Grand brazero de forme hexagone, à col étranglé et à couvercle dômé ; il est supporté par trois pieds, partie bronze doré et partie cloisonnée les anses semblables aux pieds, sont formées par deux dragons ailés détachés en ronde-bosse ; le bas, le tour du col et le couvercle sont enrichis de fleurs et de rinceaux bleu lapis, rouge, jaune et blanc sur bleu turquoise ; à la partie supérieure de la panse règne une frise dont les tons sont dominés par le bleu lapis.

Haut., 65 cent.

4 — Vase à qu[illegible]e pans, le fond partie turquoise martelé d'or et partie bleu lapis, dessinant les montagnes d'un paysage dont la perspective embrasse le contour. Ce paysage boisé est à cours d'eau ; il offre quelques autres parties en émail blanc et vert ; le pied ceintré s'élargit à sa base, le col serré est terminé par une grecque en bronze doré ; le paysage représente une vue de l'île d'Azur, dans le Yan-tzé-Kiang.

5 — Vase cylindrique d'un délicieux décor ; le fond d'un magnifique bleu lapis, sur lequel se détachent en tons divers des papillons, des fleurs variées et des branchages ; le bas et le haut avec filets en cuivre doré ; le couvercle même décor. L'intérieur contre-émaillé bleu.

6 — Belle garniture de cinq pièces en émail cloisonné, composée d'un vase rond à anses élevées, avec couvercle dômé à médaillons en cuivre doré et repercé à jour, pieds à têtes d'éléphants; puis de deux candélabres formant coupes et de deux cornets. Toutes ces pièces sont d'un décor supérieur qui offre des frises, des fleurs et des rinceaux de tons les plus variés, jaune, lapis, vert, rouge.

7 — Vase de forme balustre, fond turquoise, se modifiant et s'éclaircissant selon les tons qui l'enveloppent; il est orné à sa panse de riches rinceaux de tons variés et de fleurs jaune impérial, rouge de cuivre lavé et lapis-lazuli; le col offre quatre palmettes, fond vert d'eau également couvertes de fleurs et de rinceaux; les anses sont supportées par deux phénix en bronze doré en ronde-bosse, détachés et repercés à jour; le col est entouré d'une frise également en bronze doré.

8 — Monument ou pagode; au centre est un dais sous lequel est une divinité en porcelaine, assise sur un lion; le haut offre un dôme à clochettes orné de plusieurs frises à jour; il est dominé par un rouleau de manuscrits sur lequel repose une potiche; le socle offre aussi des frises à jour et saillantes; les colonnes en cuivre qui soutiennent le dais sont entourées de dragons grimpants.

Cette pièce est entièrement cloisonnée et ornée d'émaux des nuances les plus variées.

9 — Grande jardinière de forme rectangulaire; elle offre dans sa partie élevée une galerie à jour en cuivre doré reposant sur une grecque en cloisons émaillées vert et soutenues par quatre colonnes également en cuivre doré; les quatre faces sont en retrait des colonnes; elles offrent un décor de losanges, de

godrons et rinceaux en émaux de dix tons variés ; au milieu des faces sont deux lions en relief et en cuivre tenant un cartouche repercé à jour. Socle en bois incrusté d'argent ; à l'intérieur, un bassin mobile dont le fond est orné d'appliques en émail cloisonné représentant un caractère chinois entouré de chauves-souris.

10 — Belle coupe ronde, fond bleu turquoise translucide, sur lequel se détachent des fleurs de tons divers ; le couvercle offre deux frises émaillées séparées par une plus large en cuivre repercé à jour, avec combat de dragons ; le bouton et les anses sont formés par d'autres dragons ronde-bosse et également en cuivre doré, ainsi que les pieds à têtes d'éléphants.

Cette charmante pièce repose sur un socle séparé de forme ronde ; son décor cloisonné représente des rosaces, des fleurs et des frises, tons variés sur bleu turquoise.

11 — Petit tyng en émail cloisonné ; sur les faces, décor de rinceaux en bleu lapis sur fond turquoise ; le couvercle avec grecques de mêmes tons ; il est surmonté d'une chimère qui est en cuivre doré, ainsi que les pieds et les arêtes dentelées qui entourent cette pièce.

BRONZES

12 — Vase à couvercle en bronze antique chinois ; il est de forme ovoïde ; le haut, en le retournant, forme une coupe soutenue comme le vase par trois pieds repercés à jour semblables aux anses ; le tour est

enrichi de deux grandes frises à losanges en argent incrusté et alternées par d'autres losanges en malachite ; le dessous et le dessus avec rosaces entourées de deux autres frises également incrustées de malachite.

Cette remarquable pièce date de la dynastie des *Song*.

13 — Vase bizarre, bien que d'une grande sévérité de forme ; il est de la plus haute antiquité chinoise et a, par son ornementation, des rapports avec les figures symboliques de l'antiquité égyptienne ; sa forme est sphérique ; le couvercle offre une salamandre avec sa charpente osseuse à jour. Sa tête repose sur celle d'un aigle éployé; les pieds sont formés par trois autres aigles étouffant des singes dans leurs serres (emblème de la force dominant la ruse) ; la panse est ornée par trois frises de grecques alternées et deux autres frises incrustées d'or et d'argent.

14 — Grand autel antique et portatif en bronze doré ; pièce décorative de temple ; il est de forme carrée et offre un cippe surmonté d'une pagode pyramidale et de coins élevés, le tout rappelant les monuments funéraires de la Grèce et de l'ère romaine ; sur chaque face élevée de l'autel sont des niches où sont représentées les divinités thibétaines ; aux coins, quatre personnages allégoriques. Le bas est entouré de vingt lamas en prière.

La frise qui domine le monument offre d'anciens caractères thibétains ; sur les coins sont en relief des génies malfaisants.

Toutes les figures sont en ronde-bosse.

Pièce de haute curiosité.

15 — Magnifique vase brûle-parfums, de forme hexagone; anses élevées et contournées, les pieds formés par trois jambes d'éléphants en haut desquels sont trois mufles de lions en relief; la panse et le tour du col offrent des chimères dans des nuages et des motifs également en relief; le tout damasquiné d'argent et du travail le plus précieux; les anses sont décorées de grecques.

16 — Brûle-parfums de la dynastie des *Myng*, forme hémisphérique avec trois pieds ronds et élevés, anses oreillons et à jour; la panse est ornée d'une large frise avec l'œil emblématique de la Prudence surmonté d'une grecque; le tout damasquiné d'or et d'argent ainsi que les pieds et les anses; couvercle en bois avec phénix en jade formant bouton.

17 — Vase balustre de la dynastie des *Myng*; cette pièce, d'une belle patine, est entourée de cinq frises superposées, damasquinées d'or et d'argent et séparées par des parties en bronze uni; têtes de tigres formant les anses à jour.

18 — Vase balustre de l'époque des premiers *Myng*; il est entouré de quatre belles et larges frises avec ornements damasquinés d'argent; têtes de tigres formant les anses et soutenant deux anneaux mobiles martelés d'argent.

19 — Brazero de la dynastie des *Myng*; belle pièce en bronze moucheté et martelé d'or dans l'épaisseur de la matière; il repose sur quatre pieds ronds et élevés, le col est entouré de deux frises de rosaces alternées par quatre mufles de lions; anses à jour offrant l'aspect de deux branches d'osier tressées, couvercle en bois avec bouton en jade, fleurs de pêcher.

20 — Vase de la dynastie des *Myng*, beau bronze jaspé et martelé d'or à l'intérieur et à l'extérieur ; au-dessous est un cartouche déterminant la date; il est de forme évasée avec anses à jour formées par des ornements bizares et repose sur trois pieds attenants à têtes d'éléphants.

21 — Coupe de la dynastie des *Myng*, beau bronze offrant autour de la panse des papillons aux ailes déployées incrustés d'or et d'argent ; en haut et en bas deux frises et ceintures incrustées d'or, ainsi que les anses formées par des têtes de serpents ; audessous un cartouche indiquant la date.

22 — Sceptre en fer des premiers temps de la dynastie des *Myng ;* il est entièrement couvert sur sa face d'une longue inscription damasquinée d'argent en anciens caractères chinois ; au revers décor de rosaces entrelacées, également damasquinées d'argent.

JADES

23 — Grande coupe en jade vert émeraude nuagé de blanc ; elle est très-finement évidée.

Cette pièce est remarquable par sa dimension et par la beauté et la rareté de sa matière ; diamètre : 13 c.

24 — Deux coupes rondes à larges bords, jade transparent, offrant des parties vert émeraude ; les bords, les panses et les couvercles sont ornés de fleurs courantes sculptées en relief léger ; très-belle et rare matière.

25 — Vase en jade blanc d'une grandeur exceptionnelle ayant la forme d'une gourde aplatie, anses à trompes d'éléphants soutenant des anneaux mobiles pris dans la masse; sa face porte un cartouche entouré de serpents entrelacés; hauteur : 30 c.

26 — Grande coupe à couvercle en jade blanc moucheté orange, la panse est à côtes saillantes évidées à l'intérieur; elle est ornée de papillons à demi-relief, les anses mobiles sont formées par des têtes de lions sculptées à jour, soutenant des anneaux mobiles.

Le couvercle en jade et à côtes, surmonté de sceptres avec inscriptions qui soutiennent quatre autres anneaux également mobiles.

27 — Grand vase à quatre faces en jade blanc, la ceinture ornée de deux frises et de godrons en relief, anses à trompes d'éléphants tenant des anneaux mobiles, couvercle à gorge, bande et uni-plat; hauteur 26 c.

28 — Grand cippe en jade blanc, décoré à l'extérieur d'un paysage en relief avec pagodes, personnages et animaux; diamètre : 14 c.; hauteur : 15 c.

29 — Vase à couvercle en jade verdâtre, la ceinture et le couvercle sont ornés de deux frises et d'une rosace sculptées en relief et découpées à jour; elles offrent des bouquets de fleurs alternés de feuillages, anses formées par des bouquets de roses; diamètre : 20 c.; hauteur : 11 c.

30 — Deux coupes de forme ronde évasée, en jade blanc nuagé de vert et de violet; elles sont d'une matière rare et très-finement évidées; diamètre : 12 c.

31 — Vase à couvercle avec anses élevées et repercées à jour; sa forme est hémisphérique, l'extérieur est

décoré de grandes et petites grecques : les unes sculptées en relief, les autres gravées en creux; le couvercle en dôme est orné d'une frise et de têtes de lions avec anneaux engagés ; le bouton qui le domine offre un dragon replié sur lui-même ; diamètre : 15 c. ; hauteur : 13 c.

32 — Grande coupe en jade vert ; l'extérieur est à godrons saillants et perpendiculaires ; l'intérieur offre quatre rangs de pétales de marguerites, les anses à jour sont formées par des bouquets de marguerites et des feuillages.

LAPIS-LAZULI

33 — Vase à quatre faces ; les deux côtés principaux sont ornés de rinceaux sculptés en relief; les anses sont repercées à jour, le couvercle et le haut offrent deux frises grecques gravées; hauteur : 22 c.

34 — Brûle-parfum ayant la forme d'une urne dômée ; les pieds sont à têtes de tigres ainsi que les anses portant quatre anneaux, dont deux sont mobiles et pris dans la masse ; la panse est décorée d'arabesques en relief, le couvercle dominé par un dragon détaché à jour ; le socle est en bois avec galerie et ornements en jade blanc incrusté ; hauteur : 15 c.

35 — Grand bloc offrant des montagnes et des arbres sculptés à haut relief; sur l'une des parties est une inscription en caractères chinois gravés et dorés ; hauteur : 17 c. ; largeur : 25 c. ; poids : 4 k. 30 gr.

36 — Petit vase ayant la forme d'une potiche ; la panse est entourée du dragon impérial en relief, anses avec têtes de tigres soutenant les anneaux.

37 — Boîte ovale; sur le couvercle est un cartouche en relief avec le dragon impérial, sur les côtés sont des frises grecques.

CRISTAL DE ROCHE

38 — Grand vase à fleurs formé par une carpe ayant la bouche béante et le corps évidé; la queue soutient un autre vase sphérique avec couvercle surmonté d'un tigre; pièce hors ligne; hauteur : 16 cent.; largeur : 18 cent.

39 — Grand vase à panse arrondie et légèrement déprimée, les anses offrent des sceptres soutenant des anneaux mobiles pris dans la masse; le couvercle est dominé par une volute à jour; hauteur : 19 cent.

40 — Grande et belle coupe représentant une vague soulevée et écumante, une partie repercée à jour; diamètre: 0,15.

41 — Coupe ayant la forme d'un fruit entouré d'une salamandre sculptée à jour.

OBJETS EN MATIÈRES PRÉCIEUSES

42 — Grand vase à fleurs en malachite d'un seul bloc, formant un rocher autour duquel se détachent en relief et à ronde-bosse des plantes et des fleurs marécageuses avec grenouilles et chauves-souris.

43 — Coupe ou vase à fleurs en agate blanche tachetée de vert; cette pièce offre un tronc d'arbre et un ro-

cher, le tout entouré de branchages et de fleurs sculptés à jour et à haut relief; elle repose sur une terrasse en ivoire sculpté teinté rouge imitant un banc de corail.

44 — Groupe en cornaline rouge et blanche représentant un philosophe et un enfant tenant un manuscrit déroulé; le costume du philosophe est en matière rouge, le reste en matière blanche.

45 — Coupe vide-poche en agate rubanée de plusieurs teintes; elle a la forme d'un fruit entouré de feuilles en relief et de chauves-souris.

46 — Grande figurine en ambre orange, mandarin debout tenant un sceptre, derrière lui est un chevreuil accroupi; terrasse en même matière.

47 — Coupe à six pans de la plus haute antiquité chinoise, sardoine ornée sur les côtés de caractères gravés et d'animaux chimériques; au revers est un cartouche en relief portant la date du règne.

48 — Deux tasses à anses en ambre orange; elles ont la forme de fruits autour desquels sont en relief des feuillages et des chauves-souris.

LAQUES DU JAPON

49 — Grande boîte rectangulaire fond or bruni décorée de trois médaillons imitant l'écaille piquée d'or, avec paysages, jonques et pagodes.

50 — Figurine en laque or bruni et rouge; elle représente un jongleur tenant d'une main un éventail en argent, et de l'autre une coupe; cette pièce forme un flacon à saki dont l'éventail est le bouchon.

51 — Boîte contournée dessinant le profil du personnage qui orne le couvercle (Dieu protecteur des pêcheurs). Ce personnage tient un poisson laqué rouge et se détache en or de couleur sur un fond or mat; les côtés, en or bruni, sont ornés de quadrilles et de fleurs en relief, le dessous et l'intérieur sont aventurinés.

52 — Boîte contournée formant le profil d'un vieillard et d'un enfant décorant le couvercle et qui se détachent en or de couleur sur un fond bruni, les côtés en or bruni avec quadrilles et fleurs.

53 — Boîte rectangulaire à coins arrondis, le fond et les côtés en or mat, le couvercle avec deux enfants, l'un monté sur un cheval de bois, l'autre faisant fonction de conducteur.

54 — Boîte contournée dessinant le profil d'un mandarin qui décore le couvercle; les côtés en or bruni sont ornés de quadrilles alternés de fleurs en relief.

55 — Petit nécessaire à quatre compartiments, ayant la forme d'un siége contourné, fond or bruni rehaussé de pampres en relief avec grappes en cornaline incrustée; sur le couvercle, dessin quadrillé en or de couleur.

56 — Boîte ayant la forme d'un écran, fond or bruni, les côtés ornés de médaillons avec cigognes et paysages, le couvercle avec quatre autres médaillons de paysages en relief.

57 — Boîte ayant la forme d'une jonque, le dessus aventuriné, les côtés avec vagues en or sur laque noire, sur le couvercle est un bateau à la voile en bronze et or de couleur.

ayant la forme de deux boîtes accolées, le dessous aventuriné, les côtés en or bruni et le couvercle offre des paysages et des sites montagneux.

59 — Boîte carrée fond aventuriné et nuagé, noir, le couvercle est décoré de branches de marguerites en or de couleur et en relief ; les fleurs sont en nacre laqué.

60 — Boîte rectangulaire à coins arrondis ; le couvercle offre un médaillon en creux avec jongleur en or et couleur, le cadre qui entoure le médaillon est contourné ; il est en or bruni ainsi que les côtés.

61 — Belle boîte octogone avec support à quatre pieds et attenants ; elle est en laque noire, décorée sur toutes ses parties, de fleurs, de pêches et de branches de fougère.

62 — Boîte de forme lobée, les côtés en or bruni avec papillons, le couvercle avec un lion ayant les yeux émaillés ; il tient une boule.

63 — Boîte rectangulaire, fond aventuriné ; sur les côtés et le couvercle sont figurées des estampes représentant des paysages, des fleurs et des figures.

64 — Boîte à dessin de forme carrée et plate, laque noir, couvercle avec paysage, cours d'eau et canards en or et en relief ; les troncs d'arbres, les feuilles et les plantes sont en métal incrusté ; l'un des troncs d'arbres forme un caractère japonais, probablement la signature de l'artiste.

65 — Charmante boîte à coins arrondis, le couvercle laqué noir et décoré d'un paysage avec deux chars ; ce laque est une imitation de l'écaille piquée d'or, les côtés sont en or mat, le dessous est aventuriné.

66 — Boîte de médecin à quatre compartiments superposés fond d'or bruni ; d'un côté est un cavalier sur un pont se préparant à combattre un dragon qui sort de l'eau, sur l'autre est un personnage puisant de l'eau sur le bord d'une rivière ; figures en relief avec têtes en ivoire.

67 — Boîte de médecin à quatre compartiments, fond or bruni ; sur un côté est un philosophe dans un char près duquel est un enfant ; sur l'autre une mascarade d'enfants en or et laque de couleur.

68 — Boîte de médecin à quatre compartiments, fond or bruni, ornée de personnages en relief en or et argent ; d'un côté deux philosophes dans un paysage, de l'autre un vieillard suivi de deux enfants.

69 — Boîte de médecin à quatre compartiments, fond or bruni ; sur les deux faces sont des cavaliers domptant des chevaux ; laque or et couleur.

70 — Boîte de médecin à compartiments, fond or bruni ; elle est ornée de personnages en relief ayant des têtes en ivoire. Sur une face, Daïmio entouré de sa famille ; sur l'autre, un homme et une femme laqués or et couleur.

71 — Boîte de médecin en argent ; la gaîne, du plus précieux travail, est en bronze imitant la patine d'acier bruni ; elle est ornée de personnages incrustés en matières d'or et d'argent ; d'un côté, un seigneur et sa suite sur le bord de la mer ; de l'autre, un pêcheur monté sur un dauphin ; le Netsky en ivoire incrusté de nacre offre un personnage assis.

72 — Petite boîte de médecin à deux compartiments en argent oxydé, avec personnages incrustés en matière d'or ; d'un côté est une divinité sur les flots ; de l'autre, un personnage en prière.

73 — Boîte de forme contournée ayant l'aspect de deux boîtes réunies; l'une aventurinée porte sur le couvercle des pêcheurs en relief en or bruni ; l'autre en or quadrillé porte au milieu un médaillon en burgau chatoyant.

74 — Boîte rectangulaire en laque fond noir ; elle est décorée sur toutes ses parties de papillons en or et en couleur.

75 — Grande statuette japonaise en bois naturel laqué ; elle représente un guerrier debout, son vêtement est incrusté de nacre et d'écaille.

76 — Boîte simulant un écran et une boîte à éventail ; elle est de forme contournée ; les côtés sont quadrillés en or de couleur sur fond aventuriné ; le couvercle est décoré d'ornements et de paysages en or mat sur fond bruni.

77 — Boîte ayant la forme de feuilles accolées ; les côtés et le dessous en laque noir piqué or ; le couvercle avec feuilles et fleurs de nénuphar en relief en or bruni et de couleur.

78 — Boîte rectangulaire à coins arrondis, fond or bruni ; le couvercle avec médaillon en creux et bordure contournée ; au centre, est un pêcheur dans un bateau près d'un saule pleureur.

79 — Boîte ayant la forme d'une jonque ; les côtés en or piqué et aventuriné ; sur le couvercle, un bateau en or de couleur chargé de porcelaines et d'objets précieux.

80 — Boîte contournée ayant sur les côtés des gorges et des bandes rondes en or de couleur, fond aventuriné, couvercle avec papillons nacrés se reposant sur des feuillages.

81 — Boîte à coins arrondis et à couvercle rentrant, laque noir orné de paysages en relief en or de couleur.

82 — Plateau rectangulaire avec pieds, la bordure est à gorge ; sur le fond en laque noir parsemé d'or, sont cinq médaillons offrant des paysages avec cours d'eau, jonques et pagodes.

83 — Deux très-grandes et belles boîtes ayant la forme d'un cœur ; le couvercle sculpté à haut-relief représente un caractère d'écriture chinoise au milieu duquel est un philosophe assis, autour s'agitent des dragons ; les côtés présentent deux frises de fleurs et de fruits.

84 — Deux très-beaux vases sculptés, de forme ovale et lobée, à col et base étranglée, décorés de palmettes ; sur les panses, quatre frises à rinceaux et grecques encadrent des médaillons de personnages dans des paysages.

85 — Deux vases à double panse accolées et trois compartiments superposés formant boîtes ; ils sont décorés sur toutes leurs faces de rinceaux et de palmettes en grand relief et supportent des sceptres ornés de plaques en jade blanc ainsi que des lances en bronze doré, avec pendeloques en jade et passementerie.

PORCELAINES

86 — Deux vases d'une dimension rare ; ils sont de forme hexagone ; chaque pan est décoré de cinq médaillons ; les uns, avec personnages dans des paysages avec cours d'eau ; les autres, offrant des oiseaux aquatiques.

Haut. 0m 88 c.

87 — Grand et magnifique vase, forme balustre, décor exceptionnel, fond vert émaillé avec fleurs et feuillages, encadrant huit médaillons de paysages avec figures d'animaux et de fleurs; autour du col, deux autres médaillons de fleurs ; plus bas, deux frises, l'une quadrillée.

Haut. 0^m 70 c.

88 — Vase cylindrique, magnifique décor émaillé offrant le dragon impérial entouré de fleurs, de papillons, de poissons et de branchages ; puis, huit cartouches de formes diverses avec personnages, animaux, meubles, chiffres et accessoires.

89 — Vase cylindrique ; le tour avec riche décor émaillé offrant l'empereur dans son palais et entouré de ses femmes ; l'une d'elles reçoit de lui un bracelet ; dans une chambre voisine de l'endroit où se passe cette scène sont deux femmes faisant de la musique.

90 — Vase cylindrique, fond bleu lapis rehaussé d'or ; orné de quatre médaillons d'oiseaux émaillés, sur fond blanc ; autour du col, deux autres avec fleurs.

91 — Vase cylindrique, magnifique décor émaillé, offrant l'empereur sur son trône près de ses ministres et présidant un tournoi ; cinq cavaliers portant de riches costumes et des étendards à leurs armes personnifient les cinq grandes divisions de l'empire et défilent au galop devant leur souverain.

92 — Urne avec anses à jour formées par des têtes de tigres, le tour orné de deux frises à palmettes et de rinceaux, le tout gravé sous émail bleu turquoise.

93 — Vase balustre, la panse offre deux médaillons à personnages; le premier avec l'empereur sur son trône, il est entouré de sa famille et de ses principaux dignitaires; au pied du trône est une femme agenouillée présentant une supplique; le second, un paysage au centre duquel les femmes du harem placées sur un balcon regardent la scène.

94 — Vase à quatre pans, fond jaune sur lequel se détachent en couleurs variées et émaillées des grues, des fleurs et des ornements de l'aspect le plus agréable; les deux faces offrent deux médaillons avec carpes s'agitant au milieu de roseaux; dans les airs planent des chauves-souris, au-dessus éclate la foudre; ce décor remarquable est en outre rehaussé à la base de deux frises roses et d'une bleue parsemées de fleurs; anses à trompes d'éléphants or et rouge de cuivre.

95 — Grande vasque, fond rouge corail, ornée sur sa panse de deux dragons émaillés vert soutenant le disque solaire; en haut, trois frises rouge, bleu et vert; à la base, autre frise émaillée, vert sur fond blanc; au revers, cartouche portant la date de sa fabrication.

96 — Urne cylindrique, fond blanc, offrant à haut-relief, des vases contenant des fleurs, des carquois, des animaux et divers accessoires; le tout émaillé en tons divers, le col est entouré d'un rocher en relief, avec fleurs de marguerites et tiges de bambous. Pièce extra.

97 — Vase exceptionnel, fond vert camélia, à très-fines craquelures; il a la forme de deux vases à quatre faces et accolés; anses à trompes d'éléphants.

98 — Vase à grosse panse, décoré en émail de couleur, de cerfs et de chamois dans des paysages et sur

des rochers; anses à chimères et à jour, en rouge de cuivre imitant le corail.

99 — Admirable vasque de forme sphérique aplatie, à gorge droite, rebord uni plat et anses sur élevées à jour; elle est soutenue par trois pieds à mufles et à griffes de lions, émail imitant la patine du bronze.

100 — Vase à col étranglé, admirable échantillon fond bleu turquoise craquelé, le bas à anneaux et godrons, le haut séparé par trois ceintures noires alternées de raies de cœur, de perles et de palmettes, le tout gaufré sous émail.

101 — Grand vase balustre, fond rouge rubis, avec piqûres soufflées.

102 — Vase élevé à quatre pans, décoré sur toutes ses faces, de paysages, fleurs et oiseaux, le tout émaillé en couleur sur fond blanc.

103 — Autre vase de même forme, mais un peu moins haut que le précédent pouvant au besoin faire son pendant, il diffère par son décor; sur les faces sont huit médaillons à personnages, scènes historiques décrites en caractères chinois sur des cartouches séparant les médaillons; le tour du col avec paysage, fleurs et papillons.

104 — Vase cylindrique ayant la forme d'une urne en porcelaine très-finement craquelée, fond vert émeraude à reflets.

105 — Deux grandes Chimères, l'une avec son petit, l'autre tenant une boule mobile; décor partie bleu turquoise et partie violet.

106 — Vase balustre d'une forme bizarre, bien qu'élégante, fond jaune impérial, décoré d'un côté d'un éléphant caparaçonné portant un vase contenant des

fleurs; près de lui est une lionne jouant avec une boule, sur l'autre sont deux Chimères combattant; dans le haut, chauve-souris dans des nuages, branches de coraux à la base. (Légère fêlure au col.)

107 — Grand vase cylindrique déprimé à son centre, fond gris craquelé, sur lequel se détachent, en barbotine, un dragon sortant des flots, puis un buffle, un chevreuil et d'autres animaux; le col est entouré de fleurs et de frises.

108 — Vase balustre décoré de personnages; il offre un empereur rendant un jugement contre un mandarin entouré de gardes; le souverain est placé sous une tente élevée au milieu d'un paysage.

109 — Vase cylindrique, le tour décoré de personnages et d'animaux dans un paysage; autour du col des enfants jouant, plus bas une frise.

110 — Vase cylindrique, avec sujet émaillé : Empereur édictant un arrêt.

111 — Grand et beau vase rouge rubis craquelé, forme balustre.

112 — Deux statuettes, allégories du Printemps et de l'Automne, représentées par un personnage debout et une femme; le premier appuyé sur une canne et tenant une pêche, l'autre tenant une branche de pêcher en fleurs; pièces en porcelaine pâte tendre, les vêtements et les terrasses émaillés en bleu turquoise et lapis, le reste réservé en biscuit.

113 — Deux jardinières de forme évasée, fond bleu turquoise, très-finement craquelé.

114 — Vase à col étranglé, orné de sept frises de couleurs et de décors divers; elles sont séparées par neuf filets rouges et verts; anses à dauphins.

115 — Vase bouteille à col évasé, anses à trompe d'éléphant; le décor gaufré, sous couverte blanche, offre un rang de palmettes appuyées sur une double frise de raies de cœur et de grecques; plus bas une autre frise plus large, est ornée de pivoines et de branchages également gaufrés.

116 — Grande bouteille fond vert bronzé, décorée de cinq frises en émail de couleur à palmettes, arcs, raies de cœur et quadrilles.

117 — Bouteille fond bleu turquoise, craquelé avec nuages en bleu lapis parsemé de taches imitant l'aventurine.

118 — Cornet à col évasé en émail soufflé, fond bleu clair; le nœud offre une frise en relief à dragons, le haut et le bas avec palmettes et godrons également en relief, à l'intérieur même fond, le haut du col avec bordure réservée en blanc clair portant des traces de dorure.

119 — Deux bouteilles de formes bizarres, imitant l'émail cloisonné, grosses panses, fond rouge avec fleurs émaillées en couleur, cols cannelés s'élargissant à leurs parties supérieures.

120 — Vase fond céladoné et craquelé sur lequel se détachent en tons divers des fleurs de lotus et des canards; anses à mufles de lions.

121 — Bouteille fond bleu empois, décorée de deux frises avec des rosaces se détachant en bleu de roi.

122 — Vase balustre, beau décor au rouge de cuivre, de frises à palmettes avec entrelacs et marguerites.

123 — Coupe évasée fond blanc, de l'époque des Song, l'extérieur craquelé, l'intérieur avec fleurs et feuilles de lotus gaufrées sous émail.

124 — Bouteille à col droit, fond rubis mamelonné.

125 — Vase ovoïde fond bleu turquoise, décor avec dragon impérial gravé sous émail.

126 — Bol fond rouge corail, décoré à l'intérieur d'une rosace bleue et à l'extérieur de feuillages et de fleurs également bleus.

127 — Vase bouteille avec anses à trompes d'éléphants, fond craquelé truité, vert et bleu flambé.

128 — Bouteille fond noir laqué, le col orné de fleurs et de frises, la panse de paysages animés de figures; le tout en burgau naturel incrusté. Pièce des plus rares.

129 — Bouteille à col droit, fond blanc, décor bleu et rouge offrant des ornements dominés par des têtes d'animaux chimériques.

130 — Vase balustre décor gaufré en bleu rouge et blanc sous couverte, la panse ornée en relief de fleurs et de feuilles de lotus au milieu desquelles sont des grues; anses à têtes d'éléphants.

131 — Plat exceptionnel fond rouge rubis, il est décoré au centre, d'une lionne et de son petit, sur le bord intérieur et extérieur règne une frise dentelée; le tout émaillé vert d'eau et bleu lapis.

132 — Vase à gorge enflée, émail soufflé à reflets métalliques, jaspé bleu turquoise et bleu lapis.

133 — Bouteille fond blanc, entourée d'un dragon en rouge de cuivre.

134 — Plat émaillé, l'intérieur fond blanc avec deux femmes dans un paysage, le bord orné d'une frise fleurée avec papillons et fleurs.

135 — Bouteille fond blanc avec dragons au rouge de fer se débattant au milieu des vagues.

136 — Magnifique plat fond jaune impérial, décoré à l'intérieur de dragons au milieu des vagues; émail à reflets métalliques. (Légère fêlure à la gorge.)

137 — Deux plats fond bleu lapis, sur lequel se détachent en vert émeraude des dragons impériaux combattant; au revers, même décor.

138 — Plat creux, le fond offre une habitation dans laquelle est un vieillard lisant un manuscrit; un jeune homme profite de l'attention de ce dernier pour conter fleurette à sa femme; décor vert, jaune et rouge, le bord avec frises à rosaces alternées de six médaillons de poissons.

139 — Bol gros bleu au grand feu, il est orné à l'extérieur de feuilles et de fleurs de lotus gravées sous émail.

140 — Bol octogone, très-ancienne qualité, fond craquelé et céladoné, les petits pans ornés de frises à losanges, les grands de paysages avec figures et animaux.

141 — Petit vase ayant la forme d'une châtaigne d'eau sur laquelle est un lézard en relief; fond vert camélia très-finement craquelé.

142 — Bouteille à col droit, fond vert émeraude à reflets irisés.

143 — Petit vase brûle-parfums monté sur trois pieds à têtes de lions, les anses détachées à jour offrent deux lézards contournés, le couvercle est surmonté du champignon sacré, la panse offre des dragons dans les vagues; décor fond blanc gaufré sous émail.

144 — Coupe à bijoux ou vide-poche en porcelaine offrant une salamandre en relief au rouge de cuivre rampant sur le bord du champignon sacré; pièce en émail soufflé.

145 — Deux petites jardinières de forme carrée et légèrement déprimée à la base, fond violet lavé et bleu turquoise, sur les parties craquelées; sur chaque face, sont gaufrés sous couvertes, des médaillons avec philosophes et enfants.

ÉTOFFES ANCIENNES

146 — Magnifique tenture de palais en soie cramoisie; la première bordure offre le dragon impérial sortant des flots; sur les côtés, des vases, des armes, et d'anciens meubles; en bas, des lions jouant avec des boules; la seconde bordure représente un souverain et les personnages attachés à sa cour; au centre, sont des caractères chinois retraçant l'historique du souverain pour lequel elle a été faite; les figures et les accessoires sont brodés en or fin, les caractères en soie jaune.

147 — Une autre semblable à la précédente.

148 — Une autre même genre que les précédentes, les caractères non brodés.

149 — Une portière en drap rouge, offrant au centre un caractère chinois d'une grande dimension avec une dédicace, le tout brodé en or fin; la bordure représente les personnages allégoriques de la Chine montés sur les animaux qui les caractérisent; le haut est dominé par un souverain et les gens de sa cour; au bas, les grues sacrées planant sur les vagues.

149 *bis* — Autre portière même dessin que la précédente et ne différant que par le caractère central qui est brodé en soie noire au lieu d'être en or.

150 — Portière en drap rouge, le centre, brodé en soie de couleur et or représente en grandeur naturelle la déesse Kouan-Yin qui tient un vase, à la gauche est un singe portant une corbeille de fruits, à la droite, un chevreuil accroupi; bordure formant l'encadrement brodée en soie bleue.

151 — Grand tapis en drap rouge, richement décoré de broderies en soie de couleur, représentant des fleurs, des papillons et des accessoires chinois.

152 — Tapis en drap rouge entièrement décoré de pivoines brodées de soie blanche et bleue; les branches sont en or fin.

153 — Un autre, même genre que le précédent, avec faisans et rosaces.

154 — Magnifique tapis en drap bleu lapis, au centre, une rosace entourée de guerriers dans des paysages; riche bordure d'arabesques et de rosaces; le tout brodé en soie de couleurs variées.

155 — Portières en drap rouge décoré de fleurs en or et en soie bleue et blanche.

156 — Étoffe en satin bleu broché or et soie de couleur, décorée de fleurs et de lions. Pièce pour rideaux mesurant 10^{m} 60^{c}

OBJETS DIVERS, BIJOUX

157 — Chapelet composé de dix-huit grains de jade blanc, représentant des divinités boudhistes; monture en vermeil avec pandeloques et caractères chinois émaillés, groupes de perles fines et cabochons de saphirs et de rubis.

158 — Charmante Boîte en pierre verte translucide et peu dure, non décrite encore et que l'on croit être une chrysolithe orientale ; l'artiste lui a conservé sa forme prismatique, le couvercle a la forme d'une pêche entourée de feuillages, plusieurs incrustations offrent des fleurs en tournaline rose, puis des chauves-souris, un papillon et un bouton de fleurs, en corail, topaze et rubis, à l'intérieur décor de feuillages gravés et dorés.

159 — Bracelet composé de vingt perles ornées de jade, émeraude impériale, la monture en vermeil et en corail, supporte deux poires cabochons en pierres fines.

160 — Amulette chinoise en camée, jade, émeraude impériale, avec une partie blanche et une autre noire elle offre deux feuilles de nénuphar; sur l'une d'elles est une rainette accroupie, sur l'autre est un crabe près d'un roseau.

161 — Bracelet composé de dix-huit grains en tourmaline verte, séparés par deux grosses perles en tourmaline rose; monture en argent émaillé avec cabochons en rubis.

162 — Talisman en jade vert impérial ; il offre deux carpes sculptées à jour et séparées par un cartouche d'une teinte plus blanche.

163 — Collier composé de cent soixante perles en cornaline blanche orientale et chatoyante avec reflets d'opale.

164 — Talisman en agate orientale camée à trois teintes, offrant trois feuilles d'une plante marécageuse, sur lesquelles sont deux hannetons et un scolopendre.

165 — Pendeloques en jade vert et jaune ; elles offrent deux figurines d'enfants reliées par un anneau mobile sculpté dans la masse. Pièce d'un travail précieux.

166 — Petit flacon à odeurs, en agate orientale rouge et violette ; la panse est applatie, sur un côté est en camée, une carpe, au-dessus un ornement symbolique. Bouton en cristal de roche, monture en argent.

167 — Petit flacon en jade blanc translucide, le tour orné de deux salamandres sculptées en relief. Bouton en cornaline, monture en argent.

168 — Amulette en agate à cinq tons : blanc, rouge, jaune, vert et bleu. Charmante pièce d'une très-belle matière, elle offre des feuilles et des fruits de lotus, sur l'une d'elles marche une grenouilles.

169 — Vase en verre émaillé, à panse aplatie ; décor très-fin de fleurs et d'arabesques de tons variés sur fond jaune impérial ; le col est serré par un ruban rose en relief. Belle pièce. (Au col et à la panse, deux gerçures de cuisson.)

170 — Flacon en verre jaune impérial ; autour du col et de la panse sont quatre salamandres en corail, lapis lazuli et en turquoise, le tout incrusté dans la matière et sculpté en relief.

MANUSCRITS

171 — Magnifique Album représentant, en seize miniatures à la gouache, l'histoire d'un monarque de la dynastie des Myng.

172 — Manuscrit chinois sur papier bleu azur, texte en caractères d'or, illustré de vingt miniatures gouachées sur feuilles de figuier banian, qui offrent des scènes ayant trait aux premiers éléments de la doctrine religieuse. Couverture en bois avec titre.

173 — Album composé de douze paysages peints à la gouache, représentant les sites vénérés par les Chinois.

174 — Album portant pour titre, en caractère chinois : *le Livre des Abîmes*. Il représente douze paysages montagneux avec cascades et bras de mer.

175 — Album de douze paysages dessinés à l'encre de Chine, sur chaque feuille est une description en caractère chinois. Papier filigrané, couverture en bois avec titre.

Renou et Maulde, imprimeurs de la Compagnie des Commissaires-Priseurs,
rue de Rivoli, 144. 20443

www.ingramcontent.com/pod-product-compliance
Ingram Content Group UK Ltd.
Pitfield, Milton Keynes, MK11 3LW, UK
UKHW021039180726
13838UKWH00004B/1901

9 782329 323336